Justina

Justina Hozaian
3SE
Grade 4

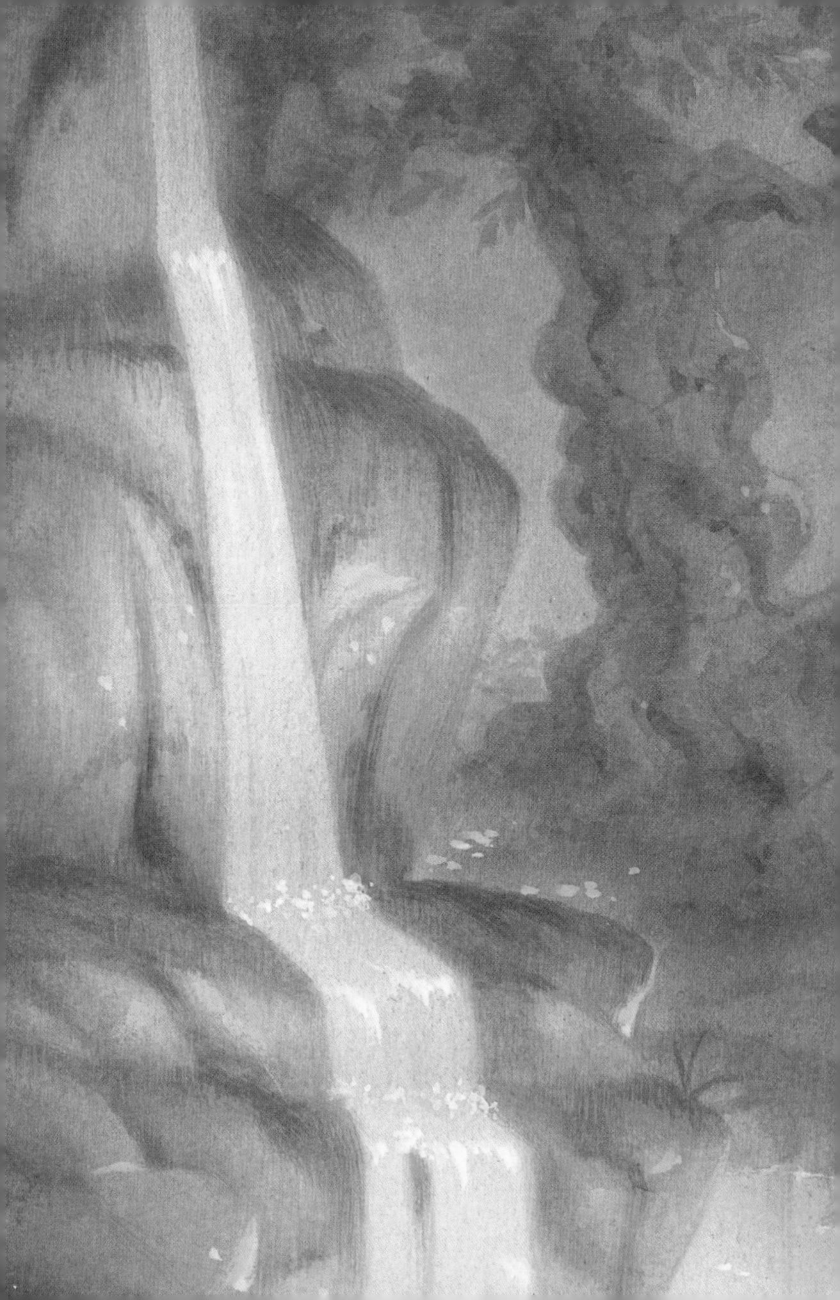

Dulcie et le gâteau magique

Texte
Gail Herman
Adaptation
Karine Blanchard
Illustrations
Judith Holmes Clarke, Adrienne Brown,
et Charles Pickens

PRESSES AVENTURE

Presses Aventure, une division de
Les Publications Modus Vivendi inc.
55, rue Jean-Talon Ouest, 2e étage
Montréal (Québec) H2R 2W8
CANADA

Publié pour la première fois en 2007 par Random House
sous le titre *Dulcie's Taste of magic*

Dépôt légal - Bibliothèque et Archives nationales du Québec, 2011
Dépôt légal - Bibliothèque et Archives Canada, 2011

ISBN : 978-2-89660-271-1

Nous reconnaissons l'aide financière du gouvernement du Canada par l'entremise du Fonds du livre du Canada pour nos activités d'édition.

Gouvernement du Québec – Programme de crédit d'impôt
pour l'édition de livres – Gestion SODEC

Imprimé en Chine

Tout sur les fées

Si vous vous dirigez vers la deuxième étoile sur votre droite, puis que vous volez droit devant vous jusqu'au matin, vous arriverez au Pays Imaginaire. C'est une île enchantée où les sirènes s'amusent gaiement et où les enfants ne grandissent jamais : c'est pour cela qu'on l'appelle aussi l'île du Jamais.

Quand vous serez arrivé là-bas, vous entendrez sûrement le délicat tintement de petites clochettes. Suivez donc ce son doux et léger et vous

parviendrez alors à Pixie Hollow, qui est le cœur secret du Pays Imaginaire.

Au centre de Pixie Hollow s'élève l'Arbre-aux-Dames, un grand et vénérable érable, où vivent et s'affairent des centaines de fées et d'hommes-hirondelles. Certains d'entre eux excellent en magie aquatique, d'autres volent plus vite que le vent et d'autres encore savent parler aux animaux. Apprenez aussi que Pixie Hollow est le Royaume des Fées et que chacune de celles qui habitent là a un talent unique et extraordinaire.

Non loin de l'Arbre-aux-Dames, nichée dans les branches d'une aubépine, veille Maman Colombe, le plus magique de tous les êtres magiques. Jour et nuit, elle couve son œuf tout en gardant un œil vigilant sur ses chères fées qui, à leur tour, la protègent de tout leur amour.

Aussi longtemps que l'œuf magique de Maman Colombe existera, qu'il sera beau, bleu, lisse et brillant comme au premier jour, aucun des êtres qui peuplent le Pays Imaginaire ne vieillira. Il est pourtant arrivé un jour que cet œuf soit brisé. Mais nous n'allons pas raconter ici le périple de l'œuf. Place maintenant à l'histoire de Dulcie !

Dulcie replaça son chapeau de pâtissière. Elle lissa son tablier fait d'une feuille. Elle fila à travers la salle à manger de l'Arbre-aux-Dames.

Elle fit tout cela en même temps, paniquée.

– Je n'arrive pas à croire que je ne me sois pas réveillée, marmonna-t-elle.

Le soleil montait dans le ciel. Elle aurait déjà dû être au travail. Elle aurait dû être en train de sélectionner les ingrédients du déjeuner et

de donner des ordres. Mais elle était là, titubant à travers les portes de la cuisine.

Dulcie était une fée Pâtissière. Toutes les fées et tous les hommes-hirondelles s'entendaient pour dire qu'elle était une Pâtissière exceptionnelle. C'est elle qui faisait les plus beaux gâteaux, roulés et biscuits de tout Pixie Hollow. Elle s'affairait à préparer trois repas par jour, sept jours par semaine. Et elle ne se fatiguait jamais. Enfin... jusqu'à tout récemment.

Une fois de l'autre côté de la porte, Dulcie s'arrêta net. La cuisine était dans un désordre inimaginable.

Des cris confus fusaient de partout. Les Pâtissières ne savaient plus où donner de la tête. Elles ouvraient les armoires, puis les refermaient en claquant la porte.

Elles alignaient des bols et des cuillères, puis les déplaçaient de nouveau.

Elles fonçaient sur les fées Cuisinières qui étaient en train de brouiller des œufs. Elles se mettaient en travers du chemin des fées Serveuses qui s'affairaient à verser le thé.

Aucune tâche n'était remplie.

– Que devons-nous faire, maintenant ? hurla Dunkin, un Pâtissier. On a besoin de Dulcie !

Dulcie ouvrit la bouche pour parler. Mais, au même moment, une voix puissante déclara :

– Allons donc ! Nous pouvons nous débrouiller sans elle.

Ginger avait parlé. Dulcie ne connaissait pas très bien cette fée Pâtissière. Ginger n'était arrivée à Pixie Hollow que tout récemment.

Ginger se frotta les mains, prête à passer à l'action.

– Bon, dit-elle, commençons par...

– Dulcie ! cria Dunkin quand il l'aperçut. Te voilà !

Il fila vers Dulcie, suivi d'autres Pâtissiers. Tous l'entourèrent, radieux.

– Dieu merci ! dit Mixie, une autre Pâtissière. Vite ! Dis-nous quoi faire.

Dulcie jeta un œil dans la salle à manger. Plusieurs fées y étaient déjà attablées.

– Nous devons nous dépêcher, dit-elle. Mixie, va chercher les pichets de lait et les sacs de farine. Dunkin, déniche le plus grand bol à mélanger que tu pourras trouver. Nous ferons une grosse fournée de gâteaux aux bleuets.

Dulcie commença à faire la préparation tout en donnant d'autres ordres. Elle se retourna pour faire face à une fée Cueilleuse d'Œufs.

– Dépose ces œufs là ! commanda-t-elle. Non ! Non ! cria-t-elle à une fée Cueilleuse. Nous aurons besoin d'un autre bleuet. Un plus gros que celui-là.

Elle tapa du pied, impatiente.

La matinée commençait bien mal. D'abord, elle se levait en retard, puis elle n'avait pas les bons ingrédients ! Elle abdiqua :

– Laissez tomber les bleuets. Laissez tomber les gâteaux. Je vais plutôt faire mes gâteaux roulés au coquelicot.

Les gâteaux roulés au coquelicot étaient la spécialité de Dulcie. Tout le monde les appréciait. Mixie et Dunkin soupirèrent de soulagement.

Dulcie éloigna les bols qu'elle avait sous la main.

– Nous devrons tout recommencer.

–Tu ferais mieux de te dépêcher, dit Ginger, qui se tenait juste à côté.

Elle ne faisait pourtant rien pour les aider, nota Dulcie.

Ginger montra la salle à manger du doigt. Elle se remplissait à vue d'œil.

–Nous n'avons plus beaucoup de temps, Dulcie. Les fées ont l'air affamées !

Dulcie fit mine de l'ignorer. Elle devait réfléchir. Mais Ginger n'arrêtait pas de parler.

–Oups ! Fais attention de ne rien renverser, Dulcie. Dépêche-toi, Dulcie ! Tu dois remuer plus rapidement. Dulcie, le déjeuner n'est pas servi toute la journée.

Les minutes filaient. Dulcie mélangea sa pâte. Elle ajouta les grains de pavot. Mais elle était de plus en plus énervée.

– Oh, ho ! Reine Clarion est dans la salle à manger, annonça Ginger de sa station près de la porte. Elle dispose sa serviette sur ses genoux. Maintenant, elle prend sa fourchette et son couteau. Elle regarde vers la cuisine.

– Ne l'écoute pas, ne l'écoute pas, se dit Dulcie.

Elle forma la pâte en de petits roulés.

– Oh non !

Du coude, elle avait fait tomber sa cuillère. Mixie lui en donna une propre.

– Quinze, vingt, trente...

Dulcie compta les roulés. Son cœur fit un bond. Il n'y en avait pas assez. Elle devait faire d'autre pâte.

– Va me chercher de la farine ! aboya-t-elle.

Personne n'allait assez vite à son goût. Dulcie

saisit elle-même un sac de farine à proximité. Elle versa la farine dans sa préparation et repoussa le sac.

Pendant ce temps, les fées Serveuses allaient et venaient entre la cuisine et la salle à manger.

– Les œufs sont prêts ! Un premier, au miroir, annonça Dinah, une fée Cuisinière.

Dulcie fulminait. Déjà un œuf de prêt. Le thé avait déjà été servi. Elle était vraiment en retard. Ça ne lui était jamais arrivé !

– Un deuxième œuf de prêt, déclara Dinah. Un œuf façon Pays Imaginaire.

Un Serveur s'approcha de Dulcie :

– Les roulés sont-ils prêts ? demanda-t-il.

– Presque !

Tremblante, Dulcie forma les derniers gâteaux.

Elle les saupoudra même de poussière de Fées, de façon à ce qu'ils cuisent plus vite.

– Encore une petite minute ! ajouta-t-elle en enfournant les petits pains.

– Une petite minute ? répéta Ginger, un sourire narquois aux lèvres. On dirait bien que ces gâteaux au coquelicot devront être servis au lunch.

– Sérieusement, juste une minute, promit Dulcie à l'homme-hirondelle. Tout sera bientôt prêt.

Le cœur de Dulcie fit trois tours.

– Du moins, je l'espère, se dit-elle.

Elle jeta un œil par la porte de la cuisine.

Dans la salle à manger, les fées sirotaient leur thé et mangeaient leurs œufs. Quelques-unes lui lancèrent un regard interrogateur.

Clochette vint la voir pour lui demander s'il y avait un problème :

– Tout va bien, Dulcie ? As-tu de la difficulté avec les moules que j'ai réparés ?

– Non, dit Dulcie, secouant la tête. Ne vous inquiétez pas, dit-elle d'une voix forte, qu'elle voulait joyeuse. Il y aura des gâteaux roulés pour tout le monde ! Ça s'en vient !

Dulcie fonça à la cuisine. « Les gâteaux doivent être prêts, » pensa-t-elle. Elle sortit un moule du four.

– Oh ! sursauta-t-elle.

Les gâteaux étaient à plat.

– Je croyais que tu faisais des gâteaux roulés, dit Ginger, amusée, pas des crêpes !

– Pourquoi n'ont-ils pas levé ? se plaignit Dulcie.

Réticente, elle en prit tout de même une bouchée.

– Beurk ! dit-elle, en faisant la grimace. C'est dégoûtant !

Ginger ramassa un sac vide par terre.

– C'est peut-être parce que tu as utilisé ceci plutôt que de la farine.

Dulcie s'empara du sac. Sur le devant, noir sur blanc, était écrit : SEL. Du sel à la place de la farine ? Comment avait-elle pu commettre une telle erreur ?

Plus énervée que jamais, Dulcie volait en décrivant un grand cercle.

— Mixie ! Dunkin ! Dépêchez-vous ! ordonna-t-elle. Nous devons préparer une autre fournée.

Elle saisit un nouveau sac de farine.

Personne ne bougea.

— Allez ! supplia-t-elle. Pourquoi personne ne veut m'aider ?

— Parce qu'il est trop tard, répondit une voix douce.

Dulcie leva les yeux. Reine Clarion se tenait près de la porte.

– Le déjeuner est fini.

Dulcie soupira. Tout cet énervement pour rien.

D'accord, dit-elle aux autres Pâtissiers. Demandons aux fées Ménagères de mettre un peu d'ordre. Nous pourrons ensuite préparer les roulés pour le lunch.

« Je devrai préparer beaucoup de gâteaux roulés, pensa-t-elle. Et ils devront être particulièrement bons. » Elle devait compenser pour le désastre du déjeuner.

Dulcie ouvrit le sac de farine.

– Un instant, Dulcie, dit Reine Clarion en mettant sa main sur le bras de Dulcie. Ralentis.

– Ralentir ? s'écria Dulcie.

Quiconque la connaissait savait très bien qu'elle était incapable de ralentir. Elle était toujours occupée, toujours au travail.

– Tu m'as bien comprise, dit Reine Clarion. Ralentis. En fait, tu devrais carrément t'arrêter et te reposer. D'aussi loin que je me souvienne, tu as toujours travaillé sans arrêt. Tu ne crois pas mériter de petites vacances ?

Dulcie la dévisagea, incrédule et muette. Tout ça parce qu'elle n'avait pas préparé les roulés à temps ? Tout ça parce qu'elle avait fait l'erreur de confondre de la farine avec du sel ?

– Mais... mais... balbutia Dulcie.

Elle ne pouvait s'arrêter de cuisiner. Elle ne pouvait tout simplement pas. Elle ne quittait presque jamais la cuisine de l'Arbre-aux-Dames. Elle était toujours trop occupée à préparer ses pâtisseries. Et elle s'y plaisait bien.

Seulement, Reine Clarion avait pris sa décision.

– Alors, qui s'occupera de la cuisine ? demanda Dulcie.

Elle se tourna vers les autres Pâtissiers. Dunkin et Mixie fixaient le sol, refusant de croiser son regard.

Seule Ginger osa la regarder dans les yeux. Elle s'avança.

– Je m'en chargerai, dit-elle. D'ailleurs, je vais commencer dès maintenant. Préparons de grosses fournées de macarons.

Elle fit une pause, puis ajouta :

– C'est que nous avons si peu mangé au déjeuner...

Les ailes de Dulcie frémirent à l'évocation des macarons. L'envie de cuisiner la démangeait. Reine Clarion l'éloigna gentiment des lieux.

– Tout ira bien, assura Reine Clarion. Une petite pause de quelques jours et tu te sentiras comme une nouvelle fée.

– Eh bien, dit Dulcie, pensive. Je crois que je vais y aller.

Les ailes bien basses, elle quitta la cuisine. Elle se traîna à travers la salle à manger, ne prenant même pas la peine de voler.

Dulcie se rendit compte un peu trop tard qu'elle était affamée. L'odeur irrésistible des macarons embaumait toute la pièce. Mais pas question qu'elle y retourne ! Jamais elle ne mangera les macarons de Ginger !

2

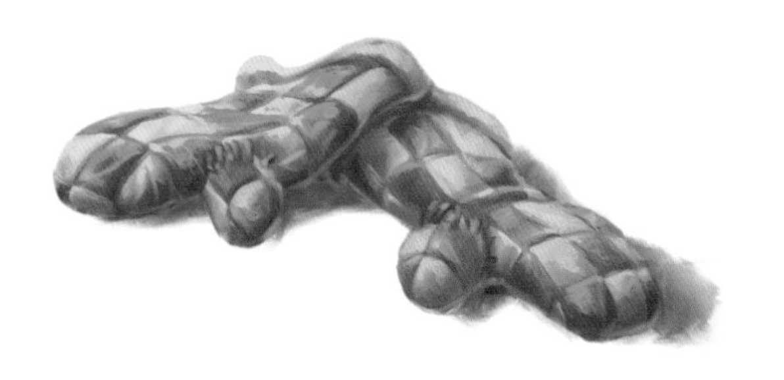

Aller, retour. Aller, retour. Dulcie faisait les cent pas dans sa chambre de l'Arbre-aux-Dames.

Quelle peste, cette Ginger ! Juste de l'imaginer prendre les commandes de la cuisine... « Je ne suis pas née de la dernière pluie », pensa Dulcie. Ginger n'essayait pas d'être aimable ou de tendre une aile à une amie en difficulté. Ginger faisait l'importante. Elle voulait que tout le monde sache que c'est elle qui allait commander.

Dulcie continuait de faire les cent pas. Aller, retour. Aller, retour.

Elle finit par s'asseoir au bout de son lit. Elle tapa du pied. Elle balança les jambes. Après quelques secondes de ce manège, elle se leva d'un bond et reprit sa marche incessante.

– Admets-le, se dit-elle. Tu n'es pas capable de rester en place.

Si elle ne pouvait pas travailler, si elle devait absolument être en vacances, eh bien, elle en planifierait chaque minute. Elle ne pouvait s'abrutir à penser à Ginger.

Dulcie inspira profondément. Qu'allait-elle donc faire ? Pixie Hollow était bien vaste. Elle avait bien plusieurs endroits à visiter. Elle pouvait aller où bon lui semblait et faire ce qui lui plaisait. En y pensant bien, certaines fées, comme Clochette ou Vidia, une Véloce,

s'étaient même aventurées au-delà de Pixie Hollow, explorant diverses contrées du Pays Imaginaire. Évidemment, Dulcie n'irait pas jusque-là. La seule idée de quitter Pixie Hollow l'effrayait. Mais il y avait tant de choses à voir, ici, tout près. Et elle avait tout son temps !

Elle sortit de sa chambre, bien déterminée à s'occuper. Elle se rendrait d'abord au ruisseau Havendish. Elle pourrait se faire tremper les pieds dans l'eau claire et fraîche. Quelle bonne idée !

« Voyons voir, pensa Dulcie en amorçant son périple. Dans quelle section du ruisseau Havendish devrais-je me rendre ? »

Le ruisseau traversait tout Pixie Hollow. Dulcie souhaitait visiter la partie la plus charmante. « Tout près du verger, » conclut-elle. Il y avait longtemps qu'elle s'y était rendue. Tout de

même, elle gardait un excellent souvenir de l'immense cerisier qui se penchait au-dessus de l'eau. « Il me permettra d'être à l'ombre, se dit-elle. » Son estomac gronda. « Et m'offrira sans doute une cerise pour déjeuner ! »

Elle trouvait somme toute bien étrange de ne pas s'affairer à la cuisine. Elle n'avait jamais quitté l'Arbre-aux-Dames en avant-midi. Pixie Hollow lui sembla alors bien différent dans la lumière matinale. En fait, elle ne savait même pas quelle direction emprunter.

Elle était légèrement mal à l'aise, comme si elle n'était pas à sa place.

Dulcie ignora son malaise et poursuivit son chemin. Elle parcourut la longueur du ruisseau Havendish, une fois, puis deux, et même trois, à la recherche du cerisier.

Elle l'aperçut finalement.

– Il était temps ! dit-elle. Je commençais à m'inquiéter !

Avant même d'atterrir, Dulcie entendit fuser des rires. Une bande de fées Aquatiques étaient plongées dans l'eau jusqu'aux genoux.

– Hé ! cria Dulcie en s'assoyant sur la rive pour les observer.

– Il y en a d'autres ici, dit Rani aux autres fées.

Elle n'avait pas vu Dulcie.

– Silvermist ! Humidia ! Venez m'aider ! ajouta-t-elle.

Dulcie regarda les fées alors qu'elles s'avançaient vers une zone d'eau brouillée. Elles plongèrent les mains dans le ruisseau. Au fur et à mesure qu'elles bougeaient les doigts, l'eau s'éclaircissait comme par magie.

– Que faites-vous ? demanda Dulcie en haussant la voix.

Peut-être pourraient-elles venir s'asseoir avec elle et partager une ou deux cerises. Elle était vraiment affamée.

Cette fois, Rani l'entendit.

– Nous nettoyons le ruisseau, expliqua-t-elle. Hier soir, une meute de ratons est passée par ici et une partie de la berge s'est affaissée. Les fées Soigneuses nous ont dit que les poissons avaient de la difficulté à nager ici. Nous essayons donc d'éliminer toute la vase présente dans l'eau.

– Moi aussi, je suis très occupée ! dit Dulcie. Je dois passer voir Lily, faire nettoyer mes ailes, manger mon lunch...

Sa voix s'évanouit. Les Aquatiques s'étaient déjà remises au travail. Elles n'avaient pas entendu un mot de ce que Dulcie avait dit.

Et pourquoi s'arrêteraient-elles pour l'écouter? Elles étaient occupées à s'acquitter d'une tâche importante.

Rien à voir avec ce que faisait Dulcie.

– Eh bien, je dois y aller, dit Dulcie.

Sans même se tremper les pieds ou cueillir une cerise, elle s'envola.

Dulcie vola d'abord vers l'est, puis au sud-est. Vers l'ouest, puis au sud-ouest. Elle cherchait le jardin de Lily.

– Mais c'est n'importe quoi! dit-elle, rageuse. Je devrais savoir exactement où il se trouve.

Seulement, en y réfléchissant, elle n'arrivait pas à se rappeler sa dernière visite chez Lily.

Dulcie repéra enfin le jardin, à quelques sauts de grenouille de l'Arbre-aux-Dames. Une fois à l'intérieur, elle inspira profondément. Les fleurs sentaient si bon. Tout était magnifique. Elle pouvait enfin relaxer.

« Je me sens mal pour ces fées Aquatiques, pensa-t-elle. Elles travaillent si fort. Elles n'ont pas de vacances... comme moi. »

Dulcie s'étira. Lily et elle pourraient maintenant discuter tranquillement. Elles s'assoiraient sous le lilas et regarderaient passer les nuages.

– Lily ? cria-t-elle. Es-tu là ?

Juste ici, répondit Lily, tout près du framboisier.

Dulcie s'approcha. Lily était agenouillée par terre. Elle tamisait la terre à travers ses doigts.

« Parfait, pensa Dulcie. Lily n'est pas très occupée. Elle aura amplement le temps de s'asseoir et de discuter avec moi. »

Dulcie se posa à côté d'elle.

– Non ! Pas là ! s'écria Lily.

Dulcie bondit en l'air.

– Pourquoi ? Qu'est-ce que c'est ? De l'herbe à poux ?

– C'est une nouvelle fleur qui commence à pousser. Je la saupoudre de terre fraîche pour l'aider à grandir.

– Oh.

Dulcie voletait au-dessus du sol. Était-ce là tout ce que Lily avait à faire ?

– Pourquoi ne fais-tu pas une pause, Lily ? On pourrait s'asseoir et discuter un peu.

L'estomac de Dulcie fit encore des siennes.

– Peut-être aimerais-tu aussi partager une petite framboise ? ajouta-t-elle.

– Oh, j'aimerais tellement pouvoir accepter, répondit Lily en se déplaçant pour saupoudrer encore un peu de terre sur le sol. Mais je dois absolument surveiller cette fleur. Elle pourrait germer à tout moment et je tiens à être là, tu sais, pour l'aider.

Lily s'assit sur ses pieds.

– Peux-tu attendre que j'aie terminé ?

– Oh, j'aimerais tellement pouvoir accepter, répéta Dulcie. Mais je dois... En fait, je dois y aller, conclut-elle rapidement.

Mais pourquoi tout le monde était-il si occupé ?

– Dulcie, attends ! dit Lily.

Dulcie était déjà partie. Elle ne s'était arrêtée que pour cueillir une framboise.

Dulcie vola par-ci, puis elle vola par-là. Elle ne savait pas où aller. Elle avait déjà visité deux endroits et même pas une heure ne s'était encore écoulée !

– Elle mit finalement le cap sur l'Arbre-aux-Dames. Elle ne pouvait s'en empêcher. Elle détestait s'éloigner de la cuisine.

« Je vais simplement jeter un petit coup d'œil, se dit Dulcie. Juste pour voir comment se

débrouillent les fées sans moi. » Elle visualisa la scène qu'elle avait vue ce matin-là : toutes les fées tournant sur elles-mêmes, ne sachant où donner de la tête, jusqu'à ce qu'elle intervienne.

« Elles ont sans doute besoin de moi. Quand j'aurai tout pris en main, Reine Clarion verra bien que je devrais reprendre le travail. Ma foi, ces petites heures de repos m'ont fait un bien fou. » Dulcie secoua ses ailes énergiquement. « Je me sens en pleine forme ! »

Dulcie passa la porte de l'Arbre-aux-Dames. Dunkin et Mixie pinçaient la croûte d'une tarte. Un homme-hirondelle glissait une fournée de petits pains dans le four. D'autres Pâtissiers s'affairaient dans la cuisine, amassant des ingrédients, maniant de la pâte...

« Oh non ! pensa Dulcie. Et ils travaillent en souriant ! »

Puis, elle aperçut Ginger. Ginger glissait d'une station à l'autre, s'assurant que chacun faisait bien son boulot.

Toutes les fées étaient si occupées qu'aucune ne remarqua la présence de Dulcie. Ginger fit voler un macaron fumant dans sa bouche.

– Parfait ! déclara-t-elle.

Dulcie ne s'était jamais sentie aussi inutile de toute sa vie. Elle lança un dernier regard sur la cuisine. Puis, discrètement, elle passa la porte.

3

Pendant que Dulcie s'éloignait de la cuisine, les fées se dirigeaient vers la salle à manger pour le repas du midi. Seulement, Dulcie voulait plus que tout se tenir loin de Ginger... et de ses macarons.

Elle erra d'un étage de l'Arbre-aux-Dames à l'autre, puis elle se retrouva devant la bibliothèque.

« Hum, pensa-t-elle. Je n'ai jamais le temps de lire, alors que désormais... » Elle soupira. « J'ai désormais tout mon temps. » Elle tenta de voir le côté positif des choses. « J'ai tant à apprendre... sur tous les sujets ! »

Dulcie vola vers la section Histoire.

« L'histoire du Pays Imaginaire, » lut-elle.

Elle saisit un autre livre sur l'étagère. « Ça me semble bien intéressant, » pensa-t-elle.

Elle se dirigea vers d'autres tablettes. « Voilà un livre de jardinage. Après l'avoir lu, je pourrai partager certaines idées avec Lily. »

Elle choisit aussi un livre concernant les Fêtes des Fées ainsi qu'un autre racontant l'histoire de la première fée du Jamais. Elle empila ses trouvailles sur une table sans n'en feuilleter aucune.

Lorsqu'elle leva les yeux, elle se trouva devant la section Cuisine. « Eh bien, se dit-elle, heureuse, nous y voilà ! Je suis ici à ma place ! » Si elle ne pouvait cuisiner, elle pouvait au moins lire sur le sujet.

Elle consulta un à un les livres de cuisine. Ça lui faisait un bien fou de lire les recettes. Elle les connaissait si bien. Chacune des recettes était pour elle comme une amie.

Tout à coup, une feuille de papier virevolta en tombant d'une haute étagère et passa juste devant Dulcie. Elle la saisit. Mais c'était plus pesant que du simple papier. Les extrémités de la feuille étaient recourbées et elle était de couleur jaune. Elle semblait très vieille.

« Mais oui ! » pensa Dulcie. Cette feuille était en fait un parchemin, un matériau jadis utilisé par les fées.

Elle souffla sur le parchemin pour le délester d'une couche de poussière. Le parchemin n'avait visiblement été consulté par personne depuis des années. Elle l'examina attentivement.

« Mais... c'est rédigé en Alphabet Foliacé ! »

Il y a de cela très longtemps, les fées ne connaissaient pas l'alphabet régulier. Elles utilisaient des lettres en forme de feuille à la place des lettres. C'était là une façon d'écrire si ancienne que bien peu de fées savaient encore l'utiliser. D'ailleurs, les connaissances de Dulcie en la matière lui semblaient bien lointaines.

Frustrée, elle secoua la tête. Un meilleur éclairage l'aiderait sans doute. Elle s'approcha de la fenêtre et examina de près les symboles.

Ce premier symbole ressemble à un G, murmura-t-elle. Puis, un A et un S.

Elle traduisit le message, lettre par lettre. Elle se munit d'une feuille et d'un crayon et nota chacune d'elles.

Elle déchiffra : « Gasteau confortant ».

– Un gâteau confortant ? dit Dulcie à voix haute. Ah, un gâteau réconfortant ! Ma foi, je n'en ai jamais entendu parler.

« Ça doit être une très vieille recette », pensa-t-elle. En fait, c'était peut-être une vieille recette, mais, pour elle, c'était tout nouveau. Et cette recette ancienne recelait peut-être d'anciens pouvoirs magiques.

Dulcie sentit son pouls s'accélérer. Elle était tout excitée.

« Un gâteau extraordinaire, traduisit-elle, qui, une fois cuit... »

La fin de la phrase était effacée. Impossible d'en déchiffrer les derniers mots. Aucune méthode n'apparaissait plus bas. Et la liste des ingrédients semblait n'en contenir qu'un seul.

Cette recette n'en était pas vraiment une. Le cœur de Dulcie reprit son battement normal. Elle sentait son excitation s'évanouir.

Si seulement elle pouvait réaliser ce gâteau... Si seulement elle pouvait ramener au Pays Imaginaire une chose disparue depuis si longtemps...

Elle s'assit par terre pour décoder les symboles restants. TROIS, déchiffra-t-elle.

Trois ! Le premier mot était « trois ».

Puis, elle écrivit « sacs » et « farine ». Trois sacs de farine ?

Dulcie secoua la tête. On n'avait besoin que de farine pour faire ce gâteau ? Et, qui plus est, de la farine bêtement ordinaire ? Il n'y avait pas beaucoup de magie là-dedans. Il devait vraisemblablement y avoir autre chose.

Dulcie tourna et retourna le parchemin dans ses mains. Mais celui-ci n'offrait aucun autre indice.

Eh bien, tant pis. De toute façon, elle était supposée être en train de se reposer. Elle ne devrait même pas penser à faire cuire un biscuit. Et encore moins un gâteau ancien !

Mais Dulcie n'arrivait pas à laisser le parchemin sur l'étagère. Elle ne pouvait pas s'en départir. Elle ne pouvait tout simplement pas.

Elle glissa la recette entre deux livres et quitta la bibliothèque.

4

Les corridors de l'Arbre-aux-Dames bourdonnaient d'activité. Les fées quittaient la salle à manger. Dulcie s'arrêta et renifla. L'air transportait de délicieuses odeurs.

– Dulcie, dit Lily, s'approchant. As-tu passé une belle matinée ?

– Je m'amuse comme jamais, mentit Dulcie.

Elle ne voulait la pitié de personne.

Elle montra sa pile de livres à Lily.

– Je compte me plonger dans la lecture. Je ne pourrais être plus heureuse.

– Ah bon ? Vraiment ? dit Lily en la regardant fixement.

Dulcie soupira.

– Non, pas vraiment, admit-elle. La cuisine et la pâtisserie me manquent tellement !

Lily acquiesça :

– Ça ne doit pas être facile. Si je ne pouvais pas travailler au jardin, je ne sais bien pas ce que je ferais.

– Imagine qu'en plus on te remplace par quelqu'un d'autre, comme Iris, par exemple ! ajouta Dulcie.

Iris était aussi une fée Jardinière. Elle ne possédait pas son propre jardin. Mais elle en connaissait long sur les fleurs, les plantes et les arbres. Et elle ne se privait pas de le rappeler à tout un chacun.

– Tu vois, poursuivit Dulcie, c'est exactement comme ça que je me sens quand je pense que cette ratoureuse de Ginger a pris le contrôle de la cuisine.

En un éclair, Lily dissimula quelque chose derrière son dos.

Dulcie tenta de voir ce que c'était.

– Qu'est-ce que tu caches ?

À ce moment précis, Iris vola tout près.

– Oh, Lily ! implora-t-elle. Il te reste un gâteau roulé au coquelicot ! Si tu ne le manges pas, je peux l'avoir ? Ils sont particulièrement bons,

aujourd'hui. Rappelle-moi de dire à Ginger à quel point je les aime !

Lily rougit. Lentement, elle lui tendit le gâteau.

– Tiens, Iris. Prends-le.

– Miam ! dit Iris.

Dulcie pouvait à peine parler. Elle était si fâchée que son scintillement prit une teinte orangée. Mais ce n'est pas à Lily qu'elle en voulait. Elle était furieuse contre Ginger.

Ginger osait préparer la spécialité de Dulcie ! Sa gâterie la plus populaire ! Tout ça était injuste. Ginger ne pouvait pas lui faire ça. Dulcie devait lui montrer qu'elle était toujours aux commandes.

Dulcie se rendit à sa chambre. Elle déposa les livres sur son lit.

Elle devait absolument faire quelque chose.

Mais quoi ?

C'est à ce moment qu'elle aperçut de nouveau la vieille recette.

Et si ce gâteau était si délicieux... si goûteux... si extraordinaire... que toutes les fées supplieraient Dulcie de se remettre aux fourneaux ? De cette façon, plus personne ne remettrait en doute sa position et Ginger ne prendrait plus jamais les commandes. Jamais.

Le problème, c'est que la recette ne semblait pas réalisable. Tout de même...

« Une étape à la fois », se dit Dulcie. Elle devait d'abord trouver la farine. Elle s'empara du parchemin, puis passa la porte et vola vers le moulin à poussière de Fées.

Dulcie ne s'était jamais demandé comment les ingrédients parvenaient à la cuisine. Elle était bien trop occupée. Mais voilà qu'elle devait

dénicher de la farine par elle-même. Elle voulait que ce gâteau soit une surprise. C'est que Dulcie était censée être en vacances. Elle n'était pas supposée cuisiner.

Elle devrait s'exécuter en douce. Et à toute vitesse. Il suffisait que Ginger reste en poste toute une autre journée pour que Dulcie soit reléguée aux oubliettes. Elle se retrouverait rancie comme du pain vieux de deux jours.

Dulcie se déplaça donc rapidement, mais pas trop. Elle ne voulait pas qu'on la croie pressée. Elle ne voulait pas éveiller de soupçons chez les autres fées.

— Je ne fais que me promener ça et là dans Pixie Hollow, criait-elle chaque fois qu'elle apercevait une fée. Je ne fais pas grand-chose !

Dulcie atteignit finalement le moulin. Elle se faufila à l'intérieur, puis elle se précipita

derrière un gros sac et tendit le cou pour observer de loin.

Des fées et des hommes-hirondelles s'affairaient dans tous les coins. Dans un coin du moulin, des fées mesuraient des quantités de poussière de Fées.

Deux fées Cueilleuses, nommées Pell et Pluck, travaillaient dans un autre coin. Elles disposaient des tiges de blé en de belles piles. Le bout touffu des tiges leur chatouillait le nez à chaque passage.

Pluck éternua :

– Atchoum !

– Tiens, dit Pell.

Elle tendit à Pluck sa feuille qui lui servait de linge.

Puis, Pell éternua et Pluck lui tendit son linge.

Elles travaillaient toutes deux sans relâche. Chaque tige faisait trois fois la taille d'une fée et était donc difficile à faire tenir en équilibre.

Pluck et Pell chancelaient et vacillaient. Elles éternuaient et se mouchaient. Mais jamais elles ne s'arrêtaient.

Entre-temps, d'autres fées séparaient les tiges des grains. Un troisième groupe de fées transportaient les grains vers une bûche creuse, coupée en deux pour former une chute. Elles y déposaient les grains.

Les grains tombaient dans la chute, puis à travers un entonnoir. Tout en bas de ce parcours, la pierre moulait les grains pour en faire de la farine.

Une fée attendait à côté pour récolter la farine et la mettre en sacs. Finalement, une fée nommée Maisy hissa un des sacs sur son épaule et s'envola.

Dulcie les observait avec grand intérêt. « Mais, c'est fascinant ! » pensa-t-elle.

Elle ne se doutait pas que la fabrication de farine nécessitait tant d'habileté et de travail. Mais elle ne pouvait pas se permettre de penser à ça pour le moment. Elle devait passer à l'action.

Ça ne devrait pas être si compliqué de se procurer de la farine. Personne ne se rendrait compte qu'elle empruntait un ou deux... ou trois sacs.

Elle n'avait qu'à s'emparer du sac dès qu'il était rempli, juste avant le retour de Maisy.

Dulcie se glissa derrière un sac de grains et attendit... Voilà ! La fée avait rempli le sac et l'avait mis de côté.

Pendant un instant, elle ne vit personne autour.

Dulcie passa les bras autour du sac de farine. Elle le saisit et tenta de s'envoler avec. Mais le

sac était lourd ! Dulcie tomba à la renverse, échappant le sac par terre. La farine se répandit partout.

Elle se glissa dans sa cachette.

– Oh ! fit Maisy, qui était de retour.

Elle secoua la tête en apercevant la farine renversée. Elle soupira, puis s'affaira à la ramasser. Elle hissa ensuite le sac sur son épaule et s'envola.

Dulcie se tenait prête pour le prochain sac. Elle le saupoudra d'abord d'un peu de poussière de Fées. « Ouf ! » Elle put tout de suite le lever.

Tout à coup, Maisy se posa à côté d'elle.

– C'est bon, je vais m'en occuper, Dulcie. Tu te souviens, tu ne dois pas travailler. Tu es en vacances !

Dulcie lui fit un beau sourire :

– Évidemment, tu as raison, Maisy. Je vais y aller, alors !

Dulcie sortit du moulin à tire-d'aile. Elle devait se forger un nouveau plan.

« Je vais suivre Maisy et voir où elle dépose les sacs de farine », décida-t-elle.

Elle pista Maisy hors du moulin, à travers haies et bosquets, par-delà fleurs et plantes, jusqu'à l'Arbre-aux-Dames, puis droit vers le garde-manger de la cuisine !

Elle attendit que Maisy quitte la pièce. Rapidement, elle saisit un sac et le dissimula dans un coin, derrière un baril de châtaignes. Et voilà ! Elle s'essuya les mains sur son tablier. La farine était très bien cachée.

« Et maintenant, se dit-elle, je vais simplement attendre ici que Maisy revienne, les bras chargés d'un autre sac ! »

Quelques instants plus tard, Maisy revint avec un autre sac.

– Comme c'est bizarre, murmura-t-elle. Où est passé le premier sac de farine ?

Elle regarda partout autour, sans jamais regarder dans le coin.

Elle souleva les épaules.

– Je vais aller en chercher un autre alors.

Le scénario se répéta à plusieurs reprises.

Chaque fois, Dulcie cachait le sac. Chaque fois, Maisy se grattait la tête, confuse.

Maisy finit par voler vers la cuisine et elle y aperçut Ginger.

– Ah, ha ! dit-elle. C'est toi qui prends toute la farine !

– Quelle farine ? répliqua sèchement Ginger. Ça fait seulement deux minutes que je suis là. Et je n'ai pas de farine. Où est-elle, d'ailleurs ?

– Ça va, ça va... dit Maisy en se redressant. Pas besoin d'être si froissée.

L'espace d'un instant, Dulcie se sentit légèrement coupable. Mais elle n'allait tout de même

pas s'en faire avec les sautes d'humeur de Ginger. Elle s'élança en douce vers sa chambre.

Dulcie saisit la recette ancienne. Si seulement elle contenait plus d'indices !

– J'ai la farine, chuchota-t-elle. Et maintenant, qu'est-ce que je fais ?

Une à une, des lettres en forme de feuille apparurent sur le parchemin. Dulcie sourit. Elle avait raison. C'était bien une recette magique !

Elle s'était montrée capable de se procurer de la farine. Elle avait rempli une première tâche. Et voilà qu'on lui donnait d'autres instructions !

Elle traduisit les symboles en s'appliquant : un œuf.

Comment allait-elle trouver cet ingrédient ?

5

Dulcie errait devant l'Arbre-aux-Dames. Elle ne savait pas où aller, par où commencer sa quête.

Des œufs, des œufs... marmonna-t-elle.

Des œufs frais étaient livrés à la cuisine chaque matin. Dulcie les utilisait sans se poser de questions. Elle n'avait aucune idée de leur provenance.

Comment les fées Cueilleuses d'Œufs procédaient-elles ? Elle était un peu gênée de l'admettre, mais elle n'en avait aucune idée.

« Je dois repérer une Cueilleuse d'Œufs, pensa Dulcie. Ensuite, je pourrai la suivre, comme je l'ai fait avec Maisy. »

Elle fila vers le hall de l'Arbre-aux-Dames. Elle s'assit sur un tabouret-champignon et fit mine de relaxer.

L'un après l'autre, des fées et des hommes-hirondelles traversèrent le hall. Le temps fila et il fallut une demi-heure avant que Dulcie n'aperçoive Colette, une Cueilleuse d'Œufs. Elle transportait un panier rembourré qui faisait presque la moitié de sa taille.

Elle s'apprêtait à ramasser des œufs ! En ce moment même !

Dulcie suivit Colette. À chaque fois que Colette s'arrêtait, Dulcie se cachait derrière une feuille. À chaque fois que Colette s'envolait, Dulcie faisait de même.

Colette atteignit finalement la laiterie, où vivaient des souris laitières. Elle poursuivit son chemin juste un peu plus loin jusque dans un bosquet de petits arbres. Dulcie la suivit.

—Je n'ai jamais entendu parler de cet endroit, chuchota Dulcie.

Les arbres étaient en fait des arbrisseaux, mesurant à peine un mètre et demi. Ces derniers étaient couverts de fleurs blanches duveteuses et formaient un demi-cercle.

Des rouges-gorges pépiaient tout autour. Colette se faufila parmi eux. Elle s'arrêta près d'un nid rempli d'œufs et posa l'oreille sur l'un d'eux.

Même Dulcie savait que les fées ne prenaient que les œufs vides, ceux qui ne pouvaient éclore.

« Elle écoute pour savoir s'ils contiennent des oisillons ! » se dit Dulcie. Colette saisit un œuf bleu pâle et le déposa dans son panier. Dulcie avait souvent utilisé des œufs de rouges-gorges dans ses recettes. Ils permettaient de faire des gâteaux et des biscuits délicieux.

Colette sortit un ballon auquel était attaché un panier de derrière une grosse fougère. Elle défit la corde qui le tenait attaché à la racine. Le ballon, qui était empli de poussière de Fées, souleva le panier haut dans les airs.

Colette déposa délicatement deux œufs dans le panier. Elle s'envola ensuite vers l'Arbre-aux-Dames, tirant derrière elle son butin.

Dulcie savait maintenant quel nid contenait les œufs vides. Elle voulait tout de même vérifier les autres nids. Elle vola vers un autre arbre et se pencha au-dessus du nid. Quatre œufs bleus y étaient entassés. Leur coquille était fissurée. Toc ! toc ! toc ! Les oisillons voulaient sortir. Un à un, ils se libérèrent de leur coquille.

– « Cui ! Cui ! »

Ils secouèrent leur plumage humide.

En un éclair, la maman rouge-gorge arriva.

Dulcie secoua la tête, émerveillée. Elle ne pouvait s'imaginer que tout ça se passait ici, à Pixie Hollow, et qu'elle ne s'en était jamais doutée !

Souriante, elle repensait à ces petits oiseaux, tout en ramassant un œuf vide. Elle pouvait à peine en faire le tour de ses bras. En plein vol, elle devait s'étirer le cou pour voir devant, regardant à côté de l'œuf qu'elle tenait. En route, elle faillit foncer dans un plant de bleuets. Puis, elle aperçut un groupe de fées volant tout près. Elle s'élança derrière une feuille et attendit que l'essaim soit parti.

Il fallut ensuite peu de temps à Dulcie pour se rendre à la cuisine. Elle y jeta un œil. Personne en vue ! Elle se dépêcha de déposer son œuf dans la cachette où elle avait mis la farine. Elle fila vers sa chambre où elle saisit la recette. De nouvelles lettres, bien visibles, étaient apparues : cinq tasses à thé de sucre.

On lui dévoilait sa prochaine mission : trouver du sucre !

Dulcie réfléchit longuement. Le sucre provenait de la canne à sucre. N'y avait-il pas un champ de canne à sucre tout près du ruisseau Havendish ? Elle n'en était pas certaine. Elle avait pourtant vu un panneau en se promenant ce matin. « Champ sucré », ça ne pouvait qu'être ça.

Dulcie s'envola. Cette fois, elle n'éprouvait pas de malaise à quitter l'Arbre-aux-Dames. Enfin, pas tout à fait.

Rapidement, Dulcie aperçut le Champ sucré, où abondait la canne à sucre. Des fées et des hommes-hirondelles s'affairaient çà et là.

Dulcie se tapit derrière une grosse racine. « J'avais raison ! » se dit-elle, tout heureuse.

Certaines fées coupaient la canne à sucre, maniant habilement une hache. D'autres poussaient une grosse pierre ronde sur une tige tombée afin d'en extraire la sève sucrée.

Deux hommes-hirondelles faisaient bouillir la sève dans de grandes marmites, la transformant

en une montagne de sucre doré. Deux autres fées transféraient le sucre dans de grands barils. Elles roulèrent finalement les barils au pied d'un arbre creux.

« Voilà ! Je n'ai qu'à emprunter un baril, pensa Dulcie. Il doit bien contenir plus que cinq tasses à thé. Rien de plus facile ! »

Elle attendit que la fée nommée Ava quitte l'arbre creux. Elle se faufila ensuite à l'intérieur. Elle y trouva plein de barils !

À ce moment précis, une fée fit rouler un autre baril à l'intérieur. Le baril s'arrêta. Il était si près de Dulcie que l'aile de celle-ci se trouva coincée entre le baril et la paroi de l'arbre.

Elle était piégée ! Elle se tortilla de tous côtés. Mais rien n'y fit. Elle n'arrivait pas à se libérer.

Dulcie grommela. Elle devrait maintenant demander de l'aide. Elle ne pourrait pas alors s'emparer d'un baril. Du moins, pas pour le moment. Toutes les fées sauraient qu'elle mijote quelque chose. Elle décida plutôt d'emplir les poches de son tablier de poignées de sucre.

– Hé oh ! cria-t-elle. Il y a quelqu'un ?

– Dulcie ? demanda Ava en s'approchant. Qu'est-ce que tu fais là ?

– Oh, je visitais les lieux, tout simplement. Tu sais, je suis en vacances.

Elle montra son aile du doigt.

– Tu peux m'aider ?

Elle souhaitait bien que ses poches ne paraissent pas trop enflées.

Ava déplaça le baril.

– Tu peux venir nous voir quand tu veux, Dulcie.

Dulcie sourit. Maintenant qu'elle savait exactement où se trouvait le Champ sucré, elle y reviendrait sans doute.

À son retour dans sa chambre, Dulcie reprit la vieille recette. Le prochain ingrédient était apparu.

Quatre gouttes de vanille.

Dulcie adorait la vanille. Seulement, elle ne savait pas où s'en procurer. Puis, elle se rappela le livre qu'elle avait pris à la bibliothèque, *L'histoire du Pays Imaginaire*.

Elle ouvrit le livre et le feuilleta. Elle y trouverait peut-être le récit d'anciennes fées ayant découvert la vanille.

Elle arrêta sa lecture à la page 327. Le titre se lisait comme suit : « Des fées découvrent les vanilliers. »

Dulcie continua à lire. La vanille provenait d'une plante de la famille des orchidées. Elle savait maintenant quoi faire.

Vanille. Chocolat. Noix. Petits fruits. Les ingrédients apparurent un à un sur le parchemin. Un à un, Dulcie les trouva dans son livre.

À chaque escapade, à chaque mission, elle devenait un peu plus audacieuse; elle avait de plus en plus confiance en elle et en ses moyens.

Après son périple au verger d'amandiers, Dulcie eut l'impression d'avoir visité tout Pixie Hollow. Du même coup, elle avait pu observer tant de talents différents à l'œuvre ! Elle admira des Cueilleuses alors qu'elles se servaient de scies pour retirer les amandes de l'arbre. Elles portaient des casques faits de coquilles de noix pour protéger leur tête. Leurs bras semblaient solides et forts, à force de transporter des noix et des fruits si pesants. Dulcie se rendit compte que nombre de fées et d'hommes-hirondelles avaient un métier difficile, voire dangereux, à accomplir. Mais chacun d'eux semblait apprécier son travail, comme elle adorait travailler en cuisine.

Après cette dernière tâche, elle s'assit sur son lit pour se reposer un peu. Un autre ingrédient était apparu. Elle traduisit chaque feuille.

– Oh ! cria Dulcie, essoufflée.

Elle lut : « Dix gouttes du sirop sucré de la Vigne à nectar rampante ».

6

La Vigne à nectar rampante !

« Je n'ai jamais entendu parler de cette plante », se dit Dulcie, contrariée. Elle était certaine qu'il s'agissait du dernier ingrédient. Elle devrait encore une fois se référer à *L'histoire du Pays Imaginaire*.

Dulcie ouvrit le grand livre. Elle parcourut la table des matières, puis l'index.

Aucune trace de la Vigne à nectar rampante. Le livre n'offrait aucun intitulé entre « Valériane » et « Vignoble enchanté ».

Dulcie connaissait bien la valériane. On en trouvait dans le jardin de Lily.

Lily ! Elle pourrait demander à Lily si elle savait ce qu'est la vigne à nectar rampante.

Dulcie aurait préféré tout faire toute seule. Elle voulait que le gâteau soit une surprise pour tout le monde. Mais elle était si près du but. Et Lily lui serait d'une aide si précieuse !

La plante en question poussait peut-être même dans son jardin.

Dulcie se munit d'un sac en cosse de pois et s'envola vers le jardin de Lily.

Quelques secondes plus tard, elle survola un framboisier, puis se posa sur la pelouse.

– Dulcie !

Dulcie se figea. Elle reconnaissait cette voix. Un peu trop forte. Un peu trop stridente.

Iris s'approcha de Dulcie.

– Je viens d'apprendre pourquoi Ginger s'occupe maintenant de la cuisine, dit-elle.

Dulcie hocha la tête sombrement.

– C'est exactement comme ça que j'ai perdu mon jardin. Je suis partie et, quand je suis revenue, il n'en restait rien.

Dulcie secoua la tête. Elle ne laisserait pas Iris lui assombrir le moral. Non, elle ne la laisserait pas faire !

– Lily est là ? demanda-t-elle. J'ai une question à lui poser.

– Non, mais, moi, je peux t'aider.

– Je ne pense pas, Iris. C'est au sujet d'une plante.

– Mais je suis une fée Jardinière, dit Iris en replaçant ses cheveux bouclés. J'en sais même davantage sur les plantes que toutes les autres Jardinières. Tu peux me demander n'importe quoi.

Dulcie préférait demander à quelqu'un qui s'occupait d'un vrai jardin. Pas à Iris.

– Iris... dit-elle. Puis elle s'arrêta net.

Dulcie trouvait difficile d'être hors de la cuisine pendant une journée. La pauvre Iris devait se passer d'un jardin depuis bien plus longtemps.

– Allez, Dulcie, l'encouragea Iris. Tu as une question à poser. Je te gage que la réponse se trouve juste ici, dans mon livre.

Elle sortit le livre sur les plantes qu'elle traînait partout avec elle.

Plutôt que de travailler dans un jardin, Iris s'affairait à étoffer son livre. Elle travaillait à le remplir d'informations concernant toutes les variétés de plantes qu'on trouvait au Pays Imaginaire.

Iris tourna la couverture d'écorce.

– Ta question touche-t-elle les graines de pavot ? Les figues pour faire des tartes ? Les citrouilles pour des petits gâteaux ? Ou peut-être...

– Attends ! l'interrompit Dulcie en levant la main. Attends un peu, je vais te le dire.

Iris cligna des yeux. Allait-elle se mettre à pleurer ?

– J'ai vraiment besoin d'aide, ajouta Dulcie, avec douceur. As-tu déjà entendu parler de la Vigne à nectar rampante ?

Iris tourna une page, puis une autre et encore une autre.

—Eeeeh bien, dit Iris en étirant bien l'expression. Évidemment que j'en ai entendu parler. Toute les Jardinières savent de quoi il s'agit.

—Ah oui ? dit Dulcie. Où se trouve-t-elle ?

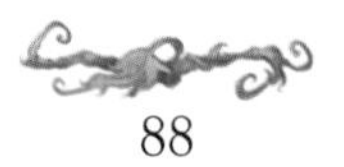

– Je n'ai même pas la preuve qu'elle existe. C'est peut-être simplement une légende racontée à chaque nouvelle Jardinière.

– Qu'est-ce qu'on t'a raconté ? demanda Dulcie, perplexe.

Iris souleva les épaules.

– Il s'agit d'une plante qui est supposément très puissante. Elle serait porteuse d'une magie toute spéciale. Et elle ne se trouve qu'en un seul endroit dans tout le Pays Imaginaire.

Iris fit une pause. Dulcie s'approcha.

– Dis-moi où ! s'écria-t-elle. Où ?

– Dans le Havre du Jamais, chuchota Iris. C'est au creux de la forêt, là où aucune fée n'ose s'aventurer.

– Tu sais où se trouve ce Havre du Jamais ?

Iris referma brusquement son livre.

– Évidemment, répondit-elle de sa voix habituelle. Je suis une fée Jardinière, après tout.

Dulcie hocha la tête. Pourquoi Iris n'en venait-elle pas au fait ?

– C'est à l'extrémité sud de la forêt. Il faut partir des abords de Pixie Hollow, là où on voit cette touffe de menthe sauvage. Tu pars de là et tu continues toujours tout droit.

De la façon dont en parlait Iris, le projet semblait tout simple. Dulcie pouvait s'envoler sur-le-champ et être de retour pour le repas du soir.

– Merci, tu m'as beaucoup aidée, Iris, dit-elle.

Elle s'envola immédiatement, en quête du plant de menthe sauvage.

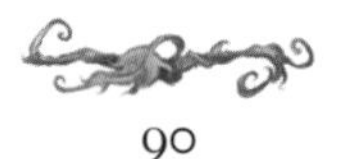

Quand elle atteignit le lot de plantes odorantes, elle hésita. La forêt dense s'étalait devant ses yeux. C'était là un endroit bien mystérieux pour Dulcie, un endroit qui fourmillait d'étranges créatures. Elle se rappela le discours d'Iris : « Dans le Havre du Jamais. C'est au creux de la forêt, là où aucune fée n'ose s'aventurer. »

Le soleil semblait bas dans le ciel. La journée tirait à sa fin. Dulcie ne disposait pas de beaucoup de temps. Mais si Dulcie ne finissait pas le gâteau aujourd'hui, Ginger serait toujours à la tête de la cuisine demain.

Elle inspira profondément. Elle hissa le sac en cosse de pois sur son épaule.

– Dulcie ?

Dulcie sursauta. Encore Iris ?

Puis, elle sourit et se détendit.

– Lily ! Qu'est-ce que tu viens faire ici ?

– Iris m'a dit que tu me cherchais. Qu'est-ce que je peux faire pour toi ?

Dulcie hésita. Devrait-elle confier le secret de la recette ancienne à Lily ? Dulcie n'était pas tellement proche de Lily. Mais quelque chose incitait Dulcie à faire confiance à Lily.

Dulcie prit une grande respiration et lui parla de la recette, des ingrédients qui apparaissaient comme par magie, puis du sirop sucré de la Vigne à nectar rampante.

Elle serra les mains de Lily dans les siennes.

– Viens avec moi, Lily ! Aide-moi à trouver le Havre !

7

La lueur du crépuscule s'installait au-dessus des arbres. Dulcie et Lily, main dans la main, se tenaient à l'orée de la forêt.

—Nous devons traverser la forêt sombre, dit Lily à Dulcie. Puis, nous passerons par un bosquet épineux. À partir de là, nous serons à une courte distance du Havre du Jamais.

Le cœur de Dulcie fit un bond. Elles devaient se rendre si loin de Pixie Hollow! Elle était

bien nerveuse. Aujourd'hui, elle s'était rendue plus loin qu'elle n'avait jamais été. Mais ce nouveau périple l'entraînerait si loin, dans un monde dépourvu de fées, à des lieues du confort de sa cuisine. Dulcie avait peine à seulement l'imaginer.

– Nous devrions nous mettre en route, dit Lily en levant les yeux au ciel. Pendant qu'il fait encore jour.

Dulcie redressa ses ailes. Elle y était. Elle se lançait à la quête du dernier ingrédient. Elle hissa de nouveau le sac en cosse de pois sur son épaule. Puis, Lily et Dulcie s'envolèrent à travers les arbres.

Dans les bois, il faisait plus noir et plus froid.

Dulcie suivit Lily alors qu'elles s'enfonçaient de plus en plus profondément dans la forêt. Elle devait trouver cette Vigne rampante. Elle devait

prouver aux autres qu'elle possédait toujours sa touche magique en cuisine.

Les deux fées volèrent encore plus loin. Les arbres se tenaient de plus en plus serrés. Leurs feuilles bloquaient le passage de la lumière faiblissante.

– Oh ! cria Dulcie.

Elle avait foncé droit sur une branche de pin. La gomme collante et épaisse s'agglutinait sur ses ailes.

– Qu'est-ce que c'est ? s'enquit-elle.

Lily s'approcha pour l'en débarrasser.

– Ce n'est que de la gomme de pin. Ça va aller, Dulcie.

– Cet endroit me donne la chair de poule, ajouta Dulcie, prise d'un frisson.

Des ombres dansaient autour des feuilles. Des branches tordues semblaient jaillir sur son chemin.

Dulcie sursauta, les yeux rivés sur une forme longue et mince devant elle.

– Attention, Lily ! Un serpent ! cria-t-elle.

– Ce n'est qu'un bâton, dit Lily.

Dulcie aurait juré avoir vu un aigle dans le ciel, puis un renard au sol.

– Calme-toi, lui répétait Lily. Tu imagines toutes ces choses.

Les arbres semblèrent encore se rapprocher en un fouillis de plus en plus dense.

– Nous voilà dans le bosquet, dit Lily. Fais bien attention aux chardons et aux broussins !

– Ouch ! cria Dulcie.

Un élément pointu piqua Dulcie.

– Ouch !

Elle ressentit la même douleur à plusieurs reprises. Elle se sentait comme une croûte de tarte dont les rebords se font pincer.

Pendant ce temps, Lily voletait devant, gracieuse. Elle semblait connaître l'emplacement de chaque plante et de chaque arbre.

– Tiens bon, Dulcie, dit Lily. Nous y sommes presque.

Dulcie vit le soleil rouge doré disparaître derrière les arbres. Elle regarda plus loin. Était-ce bien une clairière, là, devant elles ?

Tout à coup, quelque chose saisit fermement Dulcie. Et, cette fois, ce n'était pas le fruit de son imagination.

Une longue et mince feuille s'enroula autour de sa taille. Elle leva les yeux vers la gigantesque plante. Des pétales bleu clair formaient une bouche. La plante s'inclina vers elle, l'air affamée.

– Lâche-moi ! cria Dulcie.

Mais la feuille resserra sa prise.

Plus haut, encore plus haut... La plante hissa Dulcie dans les airs vers sa bouche. Les pétales s'ouvrirent grand. Dulcie frappa la feuille de ses poings, mais celle-ci la serra davantage. Elle la serrait si fort que Dulcie ne pouvait même pas appeler à l'aide.

Dulcie retint son souffle. Quelle ironie! Elle, qui aimait cuisiner plus que tout au monde, allait être dévorée!

–Ne bouge pas! murmura une voix à son oreille.

Lily voletait juste à côté.

–C'est un droséra carnivore. Il doit te prendre pour une mouche. Il ne mange que les insectes vivants. Si tu ne bouges pas, il te relâchera.

Dulcie prit une courte inspiration. Elle figea tout son corps.

Ça ne changea rien.

Elle resta sans bouger pendant dix secondes. Vingt secondes.

– Ne lâche pas, chuchota Lily.

Une minute.

Enfin, la feuille desserra son étreinte.

– Ne bouge pas ! murmura Lily. La plante doit complètement lâcher son emprise.

Encore quelques secondes passèrent. La feuille laissa enfin tomber.

Dulcie était libre ! Elle s'enfuit à tire-d'aile hors de la portée de la plante.

– Lily, tu m'as sauvé la vie ! dit-elle en prenant son amie dans ses bras.

Lily lui tapota le dos.

– Ces mangeuses de mouches me terrifient ! J'en perds ma magie ! Oh, regarde ! conclut-elle en pointant au-delà des arbres.

Dulcie aperçut une arche faite de rameaux. C'était là l'entrée de la clairière.

C'est le Havre du Jamais ! s'écria Lily.

Elle fonça devant, disparaissant dans les arbres.

– Lily ? s'enquit Dulcie.

Elle s'avança prudemment. Elle attendit un instant, puis tendit l'oreille. Elle appela de nouveau son amie :

– Lily ? Où es-tu ?

Aucune réponse ne lui parvint.

Lily ! Lily ! cria Dulcie.

Lily était-elle déjà trop loin pour entendre ses appels ? Pire, avait-elle été attrapée par une autre de ces plantes carnivores ?

– Lily !

Elle écouta attentivement. Elle entendit alors une faible voix :

– Dulcie…

– Lily ?

Dulcie s'envola pour se rapprocher du son qu'elle avait entendu, passant au travers l'arche de rameaux.

– Je suis ici, dit la voix, un peu plus fort. Et je l'ai trouvée ! J'ai trouvé la Vigne à nectar rampante !

8

Dulcie s'arrêta net dans la clairière. L'espace d'un instant – juste un instant – elle n'eut que faire de la vigne rampante. Ou du Gâteau réconfortant, ou même de Ginger. Le Havre du Jamais lui fit oublier toutes ses préoccupations.

– C'est incroyable ! chuchota Dulcie. Lily vint la rejoindre. Elles admirèrent ensemble la scène qui s'offrait à elles.

De grands cyprès élancés, d'imposants cèdres et de jolis amandiers en fleurs encerclaient la clairière.

Jacinthes, soucis et autres fleurs sauvages emplissaient l'espace. Des pétales jaunes, orangés et aigue-marine recouvraient le sol tel un tapis velouté. Le soleil couchant inondait le tableau de sa lueur dorée.

Dulcie tourna lentement sur elle-même. Elle voulait admirer cette splendeur sous tous ses angles.

– C'est magnifique, acquiesça Lily. Nous sommes sans doute les premières fées à découvrir cet endroit depuis… depuis… je ne saurais dire quand !

Lily prit Dulcie par la main. Elle l'entraîna à travers un buisson de fougères odorantes. De l'autre côté se tenait un gros rocher. Une longue vigne en fleurs s'entortillait autour de la pierre. L'une des extrémités pendait vers l'avant comme une chenille. Le reste suivait derrière.

– La voilà ! dit Lily. La vigne à nectar rampante.

– Tu l'as vraiment trouvée ! dit Dulcie en extrayant un pot de son sac en cosse de pois. Maintenant, que faisons-nous ?

Nous recueillerons simplement un peu de sirop.

Lily s'agenouilla à côté de la vigne. Elle murmura quelque chose que Dulcie ne put entendre. Puis, Lily souleva délicatement un bout de la plante. Du sirop s'en écoula.

Dulcie approcha le pot pour recueillir le sirop sucré. Puis, tout doucement, Lily remit la vigne à sa place.

Dulcie sourit.

– Allons-y !

Les deux amies traversèrent le Havre du Jamais, puis le bosquet et la forêt sombre.

« C'est bizarre, pensa Dulcie. Le périple me semble beaucoup moins long au retour. Peut-être est-ce parce que je connais le chemin. »

Tout lui semblait bien moins effrayant maintenant. Chaque recoin lui était évidemment plus familier. De loin, elle envoya même la main au droséra carnivore. Celui-ci ne faisait que ce qu'il avait à faire.

Il était très tard quand elles arrivèrent enfin à l'Arbre-aux-Dames. Dulcie prit Lily dans ses bras.

– Tu m'as été d'un grand secours, lui dit-elle.

– Je suis heureuse de t'avoir accompagnée, dit Lily, souriante. Ouf ! Mais maintenant, je vais me coucher ! ajouta-t-elle en bâillant.

– Bonne nuit, dit Dulcie.

Seulement, Dulcie, elle, n'allait certainement pas dormir. C'était là le meilleur moment pour préparer son gâteau. Au beau milieu de la nuit, il n'y aurait personne dans la cuisine.

Tout excitée, elle vola vers sa chambre.

– J'ai trouvé le sirop sucré ! annonça-t-elle.

Elle saisit la recette.

– Maintenant, que dois-je faire ?

Les symboles apparurent un à un. Dulcie plissa les yeux. Avait-elle bien compris ? Traduisait-elle les symboles adéquatement ? Elle espérait voir apparaître des mots comme « réchauffer », « mélanger » ou « remuer ». Elle décoda plutôt deux mots : « Bonne chance. »

C'était tout. On lui souhaitait bonne chance.

Dulcie se retrouvait sans mode d'emploi, sans marche à suivre. Elle devrait donc désormais s'appuyer uniquement sur son propre talent. Seule à la cuisine, elle commença par se laver les mains.

Elle sortit ensuite des moules à gâteau. Des petits. Des ronds. Des carrés. Des moules en forme d'étoile et en forme de cœur que Clochette avait fabriqués spécialement pour elle.

Elle se munit aussi de bols à mélanger en coquilles de noix. Elle en compta cinq, de différents formats, tous rangés les uns dans les autres. Puis, elle prit des fouets, des cuillères, des fourchettes et des couteaux.

– Finalement, dit Dulcie, les ingrédients !

Dulcie était bien éveillée, bien qu'il faisait nuit noire. Elle versa et mélangea. Elle remua et incorpora. Elle saupoudra et arrosa.

En son for intérieur, Dulcie savait exactement quoi faire. Elle savait précisément quel bol utiliser pour quelle mixture, comme elle savait parfaitement quand ajouter quel ingrédient.

Elle sifflotait même en travaillant.

Les heures filèrent. Dulcie s'affairait, complètement happée par sa tâche.

Elle mit enfin deux gouttes de sirop sucré dans chacun des cinq bols à mélanger. Elle versa ensuite toute la préparation dans un seul moule gigantesque. Elle s'essuya les mains sur son tablier. Et voilà. Elle l'avait fait. Elle ouvrit le four.

Soudain, elle hésita. Son sentiment si assuré, cette certitude de faire la bonne chose, s'était envolé.

La recette était celle d'un Gâteau réconfortant. Elle nécessitait certains ingrédients. En fait, c'était là tout ce qu'elle savait. Qu'avait-elle fait ?

Combien de temps ce gâteau devait-il rester au four ?

– J'espère que je ne me suis pas trompée.

Dulcie hissa le moule pesant et le glissa dans le four.

La porte du four se referma avec un claquement sourd.

Dulcie soupira et jeta un œil autour d'elle dans la cuisine. Les comptoirs débordaient de vaisselle sale. L'évier était plein de bols utilisés. Le sol était tapissé de sucre et de farine.

– Quel gâchis ! murmura Dulcie.

Elle n'avait pas la force de parler plus fort. Elle s'était vidée de toute son énergie. Elle se sentait si fatiguée. Elle tira une chaise et s'y assit. Elle allait se reposer, juste une minute, avant de tout nettoyer.

9

Le soleil filtrait par la fenêtre. Des voix chuchotées bourdonnaient tout autour de Dulcie.

– On dirait bien qu'une tornade a frappé la cuisine.

– Chut ! Dulcie dort.

– Devrait-on la réveiller ?

– Qu'est-ce qui passe, ici ?

Puis une voix tonitruante se fit entendre :

– Ma cuisine ! Ça ne se passera pas comme ça !

Dulcie se leva d'un bond, soudainement bien réveillée. C'est Ginger qui avait parlé si fort.

Tout le monde s'était tu.

Dulcie regarda tous ceux qui l'entouraient. Elle vit d'abord Ginger, dont les joues semblaient enflammées tant elle était en colère. Puis, elle se tourna vers Dunkin et Mixie, qui paraissaient bien inquiets. Elle jeta ensuite un œil à tous les autres Pâtissiers et Cuisiniers qui étaient dans la pièce.

Elle était si nerveuse qu'elle ne pouvait parler. C'était le moment. Le gâteau devait bien être prêt, maintenant.

Si elle avait échoué, pourrait-elle un jour se remettre aux fourneaux ?

– Alors ? dit Ginger, tapant du pied impatiemment. Nous attendons toujours ta brillante explication.

– Hum, hum, fit Dulcie, s'éclaircissant la voix.

Elle leur raconta comment elle avait trouvé la vieille recette. Comment elle avait amassé tous les ingrédients. Comment elle avait passé la nuit à cuisiner. Puis, elle leur expliqua pourquoi elle avait voulu créer une pâtisserie comme personne n'en avait jamais goûté. Pendant son discours, elle se rendit compte que les fées commençaient à emplir la salle à manger.

Clac ! La porte du four s'ouvrit d'un coup. Dulcie se retourna. Ginger regardait déjà à l'intérieur.

Elle se tourna vers Dulcie, un sourire malicieux aux lèvres.

– Eh bien, dit-elle, mesquine. Pour déjeuner, nous allons servir la surprise de Dulcie. On verra bien ce qu'en pensent les fées !

Dulcie n'en croyait pas ses oreilles. Ginger voulait servir son gâteau ? Elle ne voulait pas le cacher aux autres fées ? Elle sentit son cœur se gonfler. Ginger comprenait-elle enfin comment Dulcie pouvait se sentir ? Elles pourraient peut-être même travailler ensemble !

Ou peut-être que...

Dulcie sortit le moule du four.

– Oh non ! cria-t-elle.

Le gâteau était plat. Tout comme les gâteaux roulés au coquelicot, il n'avait pas levé. Pas le moins du monde.

En un éclair, Ginger saisit le gâteau. Elle se précipita hors de la cuisine.

– Regardez, tout le monde ! s'écria-t-elle. Venez admirer le chef-d'œuvre de Dulcie !

Dulcie vola derrière Ginger. Mais il était trop tard. Toutes les fées étaient dans la salle à manger. Reine Clarion, Clochette, Lily... tout le monde avait les yeux rivés sur son gâteau.

Une à une, les fées s'approchèrent. Elles reniflèrent. Elles observèrent d'un autre angle. Elles secouèrent la tête.

– Qu'est-ce que c'est ? demanda Clochette.

– Je sais ! C'est une sorte de pain nouveau genre, répondit Iris. C'est pour ça qu'il est plat.

– Un instant, dit gentiment Reine Clarion. Laissons Dulcie s'expliquer.

Lily hocha la tête.

– Vas-y, Dulcie.

Dulcie retint un sanglot.

– Eh bien, c'est censé être un Gâteau réconfortant.

– Un Gâteau réconfortant ? dit Ginger alors que Dulcie le déposait sur la table. Il y a mieux comme aliment réconfortant. Quiconque mangera ceci ne se sentira pas bien du tout !

– Je... je... je voulais simplement vous faire plaisir, bégaya Dulcie. C'est pour ça que je cuisine, pour apporter un peu de plaisir et de bonheur aux fées.

Elle se rendit compte que c'était bien vrai. Ce n'était pas pour contrôler les autres fées qu'elle dirigeait la cuisine. Ce n'était certainement pas pour se sentir importante qu'elle donnait des ordres. En tout cas, elle ne le ferait plus. Pendant sa journée de vacances, ce n'était pas cette partie de son travail qui lui avait manqué. Elle s'était ennuyée de préparer ses pâtisseries. Elle voulait simplement créer des gâteries qui feraient plaisir aux autres.

Elle voulait tellement se remettre à l'œuvre !

10

– Bon, ça suffit, les amis ! dit Ginger. Maintenant, vous allez devoir m'excuser, car je dois reprendre les rênes de ma cuisine. Que diriez-vous de chaussons au citron ?

– Miam ! dit Iris.

Chacun reprit son siège. Quelques fées tapotèrent Dulcie dans le dos.

Dulcie était bien peinée. Mais elle irait en cuisine, elle aussi. Elle donnerait un coup de main à Ginger. Elle ferait tout ce que lui dirait l'autre fée. D'une façon ou d'une autre, elle devait continuer à cuisiner. Même si elle devait répondre aux ordres de Ginger.

– Attendez ! dit Reine Clarion d'une voix qui résonna dans toute la pièce. Regardez !

Dulcie se retourna. Toutes les fées et tous les hommes-hirondelles revinrent sur leurs pas.

Quelque chose se tramait. Le Gâteau réconfortant tremblait dans son moule. Il frémissait. Puis, lentement, il se mit à lever.

– Reculez ! ordonna Iris. J'ai déjà vu un lierre agir de la sorte. Laissez-lui de l'espace.

Le gâteau prit de plus en plus de place. Il commençait à se former.

Il est en train de prendre forme. Un peu comme le métal se transforme en casserole ou en moule, ajouta Clochette.

Le gâteau changeait de couleur... prenait différentes nuances...

C'est comme un arc-en-ciel, dit Bess, une fée Artiste.

Le gâteau n'en finissait plus de lever. Puis, il souffla doucement, comme s'il soupirait, et s'arrêta.

– Eh bien, dit Lily. Il est magnifique !

Dulcie regardait le gâteau, incrédule. Le Gâteau réconfortant, maintenant si imposant, était construit d'étages superposés de crème luxuriante et de génoises appétissantes. Des boucles et des froufrous de glaçage coloré, des fleurs givrées et du sucre glace en décoraient toute la surface.

– Oh ! dirent toutes les fées presque simultanément.

Ginger réprouva.

– Il est bien beau, mais qu'est-ce qu'il goûte ?

Les Serveurs accoururent. Ils durent voler presque jusqu'au plafond pour atteindre le haut du gâteau. Ils coupèrent de gros morceaux alléchants, descendant à mesure qu'ils travaillaient, jusqu'à ce qu'ils atteignent la base du gâteau et que chaque morceau ait été servi.

Les fées et les hommes-hirondelles se ruèrent à leur place.

– Il est si beau, je n'ai presque pas envie de le manger, dit Iris.

– Oh ! Mais tu dois le manger, la pressa Dulcie.

Elle s'avança en souriant.

– Les gâteaux sont faits pour ça ! On doit s'en régaler !

Chacun saisit sa fourchette. Dulcie ferma les yeux. Elle préférait ne pas regarder.

Le Gâteau réconfortant devait être délicieux. Il ne pouvait tout simplement pas en être autrement !

Lily engouffra une bouchée.

– Miam ! Fraise ! Ma saveur préférée !

– Non ! cria Clochette depuis la table des Rétameuses. C'est au chocolat. La saveur que JE préfère !

– Vanille !

– Cannelle !

– Non ! Amande grillée !

Les fées et les hommes-hirondelles annoncèrent chacun la saveur de leur gâteau. Étrangement, chacun découvrait sa saveur préférée.

Dulcie tapa des mains. Elle parcourut la pièce du regard. Tout le monde se délectait. Tout le monde semblait heureux. Même Ginger prenait quelques bouchées.

Dulcie, on dirait bien que tes vacances sont finies, dit Reine Clarion, souriante. J'aurais dû me douter que tu ne t'arrêterais pas longtemps.

Après le déjeuner, Dulcie vola à travers l'Arbre-aux-Dames. Elle visita les ateliers, la blanchisserie, l'entrepôt.

Puis, elle parcourut Pixie Hollow. Elle s'arrêta à la laiterie, au moulin, dans les champs et aux vergers.

Avant toute cette aventure, Dulcie n'avait jamais pensé aux autres fées. Elle ne faisait que leur donner des ordres. Elle savait maintenant à quel point chacune d'elles travaillait fort.

—Je te suis vraiment reconnaissante pour tout le travail que tu fais, dit-elle à Lympia, à la blanchisserie.

—Je sais maintenant à quel point ta tâche est délicate, avoua-t-elle aux fées Cueilleuses dŒufs.

—Vous, les fées Cueilleuses, leur dit-elle avec admiration, vous connaissez tant de choses !

Elle adorait voleter d'une place à l'autre. Chaque recoin de Pixie Hollow lui était maintenant connu. Elle n'y était évidemment pas aussi à l'aise que dans la cuisine, mais elle s'y sentait tout de même bien. Partout, elle semblait avoir sa place !

Dulcie rejoignit finalement la cuisine. Les fées Cuisinières et les fées Pâtissières s'y affairaient. Elles commençaient à préparer le repas du midi.

Dulcie les observa pendant quelques instants. Elle était si contente d'être là !

– Oh ! dit Mixie en apercevant Dulcie. Hé ! Dulcie est là !

En quelques secondes, les Pâtissiers s'étaient rassemblés tout autour.

– Que devrions-nous préparer pour le lunch ? demanda Dunkin.

– Un pain aux bananes ? Des feuilletés ? ajouta Mixie.

Dulcie regarda autour d'elle. Ginger se tenait à l'écart, remuant une préparation avec des mouvements brusques, presque enragés. Elle dévisagea Dulcie.

Dulcie bâilla. « Oh, ho ! se dit-elle. Je suis vraiment fatiguée. »

Elle visualisa sa chambre, son oreiller doux et moelleux comme de la guimauve. Tout ça lui semblait si invitant ! Elle avait passé la nuit à travailler. Elle avait sincèrement besoin d'une petite pause.

Des petites vacances, quoi !

Elle vola tout près de Ginger.

– Attention, chers Pâtissiers ! annonça Dulcie. C'est Ginger qui sera responsable du repas de ce midi.

Ginger mit immédiatement son bol de côté. Elle lança un regard victorieux à Dulcie.

– Tu as enfin compris qui devrait commander, dit-elle.

Elle ouvrit la bouche, prête à donner un ordre.

– Seulement... l'interrompit Dulcie. Je serai de retour pour le souper !